AF392663

Lilian Zieger
Ilustrações de Arthur Levy

Bom Fim 357

Porto Alegre, RS
IGES
Março de 2018

2a. Edição - Setembro de 2018

ILUSTRAÇÕES

ARTHUR LEVY

REVISÃO TEXTUAL

MÔNICA QUIMAIA

FOTO DA CAPA

LILIAN ZIEGER

PROJETO GRÁFICO

EVANDRO MARCON

PUBLICAÇÃO

IGES - INSTITUTO GAÚCHO DE ENSINO SUPERIOR
PREFIXO EDITORIAL 54977

PRODUÇÃO

MARCON.BRASIL COMUNICAÇÃO DIRETA
(51) 3221.7878 - correio@marconbrasil.com.br

ISBN

978-85-54977-00-9

2ª Edição: Setembro/2018

CATALOGAÇÃO NA FONTE
Bibliotecária Responsável Ginamara de Oliveira Lima
CRB 10/1204

Z66B
   Zieger, Lilian
      Bom Fim 357 / Lilian Zieger ; ilustrações de Arthur
Levy. – Porto Alegre : Iges, 2018.
      88 p. ; 23cm

     ISBN: 978-85-54977-00-9

     1. Literatura Brasileira. 2. Crônicas Brasileiras.
3. Bom Fim (Bairro) – Porto Alegre – Histórias.
4. Crônicas – Rio Grandense – Histórias. I. Levy,
Arthur. I. Título.

       CDD: 869.99849

SUMÁRIO

Escrever sobre minha infância e adolescência no Bairro Bom Fim em Porto Alegre foi recordar, mexer nas cordas de meu coração. Mergulhar no passado remete a imagens, sons, cheiros, vozes escondidas n´alma.

Minha vida no Bom Fim foi recheada de momentos de risos, alegrias, brincadeiras... mas também lágrimas de medo e dor. O enfrentamento da morte de uma amiga adolescente, a perda de outra para as drogas, a ameaça da separação de meus pais, o medo de crescer e virar gente grande.

O Bom Fim e minha casa 357, na rua Thomaz Flores, fizeram história em mim e em todos que conviveram conosco. Desde o furo da parede com a casa vizinha e as espiadas no nosso "bonitão" vizinho, até as matinês no Cinema Baltimore. As idas na Livraria Bayadeira e a magia dos livros nas prateleiras encantaram meus dias e muitos de meus sonhos. Um deles era o de ser escritora.

E, agora, estou aqui: lançando meu 29º livro! Emoção e expectativa permeiam meu coração.

Espero que gostem da simplicidade das histórias de quem viveu os encantos de um bairro charmoso, histórico e mágico. O meu Bom Fim!

Lilian Zieger

CAPITULO 1

A CASA 357

Era uma casa grande, com suas 14 peças espaçosas, chão de tábua pintada de vermelho e teto alto. Muito alto. Eu andava pela minha casa, como se ela fosse o meu castelo e eu, a princesa da História da Cinderela.

Amava minha casa, com seu porão cheio de mistérios (eu achava que havia duendes que lá habitavam) e o pátio, com seu muro enorme, que eu escalava pra subir na árvore da casa ao lado. Era a casa de minha vó, onde havia chocolates escondidos num pote no seu guarda-roupa. A vó fingia que não sabia que eu ia lá comer os bombons e aparecia, no final, para rirmos juntas. Até que um dia eu caí da escada: mais de dez pontos na cabeça! Pensei que iria morrer. Mas... Os dias continuavam e minhas peripécias, também.

Meu apelido era Lili. Eu estudei primeiro, no Anne Frank e, depois, no Instituto de Educação. Passava meus dias entre a escola, as brincadeiras com a turma do Bom Fim (como nos denominávamos), meus irmãos e os afazeres de casa. No domingo, íamos para a Redenção, brincar naquele parque enorme, que era nosso paraíso.

A casa 357 da Thomas Flores significava muito para todos nós da família. Foi onde passei minha infância e início da adolescência. Cada canto e recanto tinha uma história pra contar. No pátio, as brincadeiras com um cachorro de rua que encontrei na feira. Todos os sábados, havia uma feira na minha rua. Bem cedo, chegavam os homens e mulheres que iam trabalhar o dia inteiro vendendo frutas e verduras: – olha lá! Tomate fresquinho e bem barato! – Gritava o Seu Manoel.

Num sábado, encontramos (eu e minhas amigas) um cachorro cheio de sarna e piolhos. Magro e esfomeado, correu na minha direção. Eu me apiedei e levei pra casa. A mãe, sempre humana e carinhosa, deixou que ficasse com ele. Demos banho, colocamos remédios e, até mesmo, fizemos o batizado. Ele tinha madrinha, mas padrinho, não conseguimos. Éramos 5 meninas, que não se separavam, a não ser pra ir pra escola, comer e dormir.

As brincadeiras na calçada consistiam em jogar bolita, pular elástico, bater figurinhas. O álbum dos artistas de novela fazia a competição. Tinham cantores também. Lembro-me da figurinha do Jerry Adriane, que eu custei a conseguir. Ah! Da Nara Leão, também. Foi batendo figurinhas (e eu era boa nisso) que eu ganhei minhas figurinhas prediletas.

A Casa 357 era o castelo da família. Com seu assoalho encerado com cera vermelha, grandes espaços, paredes grossas e madeirame cheio de cupim. A Casa era velha, com mais de 50 anos, e cheia de mistérios, fantasmas e histórias. Essa era a 357 para nós.

O dinheiro era pouco, mas os sonhos, gigantes. Sonhávamos com a vida adulta. Naquela época, sonhava eu ser bailarina de boates. Imaginava que eu dançava com aqueles vestidos cheios de babados e meias coloridas. Ficava balançando uma das pernas no ar e chegava a ouvir os aplausos da plateia. A vida era simples: dormir, comer, brincar, estudar (muito), brincar, fazer os afazeres de casa (cada um tinha os seus) e brincar...

O VELHO CHICO

O Velho Chico era um morador de rua que ficava na Thomas Flores. Andava com roupas velhas e sujas, perdia o cinto das calças sempre e caía nas calçadas, quando estava muito bêbado. Apesar de tudo isso, os moradores confiavam no Chico. Ele cuidava das crianças e ralhava com a gente, quando alguma briga desencarquilhava os trilhos da tarde. A gente respeitava o Chico.

Ele almoçava na 357. Explico: a mãe tinha uma lata de azeite cortada em cima, que virava prato. Todos os dias, servia um prato de comida pro Chico. Ele sentava nas escadas lá de casa e matava sua fome com o feijão e arroz que a mãe fazia. Meu pai implicava com ele, pois o Velho Chico, quando muito alcoolizado, ia pra baixo de nossa janela e gritava que amava minha mãe. Eu achava aquilo engraçado e não me incomodava em nada.

O Velho Chico faz parte das Memórias do Bom Fim. Muitos se lembram dele. Um dia, uma história engraçada corria de boca em boca na calçada. O Chico estava com muito sono e o dia era super frio. Então, ele procurou onde dormir aquecido. Havia o necrotério na volta da Osvaldo (como chamávamos a avenida Osvaldo Aranha). Tinha um caixão aberto e pareceu quentinho. Então, o Chico deitou nele e adormeceu. Bem cedo da madrugada, lá pelas 5 horas, um guarda viu o caixão aberto com o defunto (era o que o guarda imaginou ser) e resolver fechá-lo. Quando Chico gritou "Epa lá. Estou aqui!", o coitado do guarda saiu correndo, pensando ser um fantasma. O Chico contou que deitou e terminou seu sono, no caixão de defunto mesmo!

Até hoje, fico pensando: quem seria o Velho Chico? Onde ele viveu? Como ele morreu? Era amigo da gente. Não tínhamos medo dele. Respeitava a gente e ralhava se disséssemos um palavrão. Até brincava com a gurizada, quando não tinha bebido ainda. No dia em que acordei, corri pra rua pra brincar e não vi o Chico na calçada, me preocupei. Todas nós, da turma da Thomas Flores, ficamos procurando por ele. Ouvimos falar que ele havia morrido. Mas.. Ninguém sabia mais nada. O mistério da identidade do Chico ficou até hoje. Talvez eu nem queira saber a verdade. Tem lembranças recheadas de fantasias que são melhores escondidas na memória. A luz da verdade tiraria sua cor e viver em preto e branco não era o que eu desejava. Então: deixem minhas histórias coloridas e cheias de sonhos!

O Chico, para nós, era uma pessoa especial. Repleto de mistérios sobre seu passado e uma fala mansa e coerente. Sabia o que dizia, quando sóbrio.

Não eram muitos os momentos em que não havia bebido ainda, mas ele era divertido, mesmo assim. Tínhamos pena dele, em alguns momentos, mas Chico se dizia uma pessoa feliz. Então, eu pensava que ter a liberdade era algo muito bom. Ele ia onde quisesse e falava com quem desejasse. Hoje penso: eram os anos 60 e 70. Qual seria a relação disso com a Ditadura Militar? Eu nem pensava nisso na época. A vida das crianças era simples demais para pensarmos nisso.

Nós brincávamos de desfiles de moda e até fizemos um concurso de Miss Bom Fim. Montamos até passarela na casa de uma das meninas. Convidamos os pais, irmãos, vizinhos e amigos da rua. Os jurados foram os convidados e, até mesmo, o Velho Chico. Os pais acharam a maior graça, quando saímos de trás de um tapume, com as roupas das mães e seus saltos altos. A faixa era de tecido pintado e até costurado, pois minha mãe fez pra nós. Colocamos maquiagem, bem colorida e cheia de brilhos. Lamento, hoje, não ter fotos desse momento para recordar.

E o Velho Chico ficou enterrado nas memórias da 357. Assim como ela, que foi derrubada e desapareceu num arranha-céu. Isso, conto depois.

MEU PRIMEIRO AMOR

Eu tinha 14 anos quando me apaixonei pela primeira vez. Era o menino mais bonito da Rua da 357. Loiro, alto e com um físico lindo, andava sempre com seu enorme cão pela coleira. Fazia halterofilismo e me chamou a atenção, de cara. O garoto era primo de uma das minhas melhores amigas.

Eu fiquei deslumbrada, assim que descobri o amor naquele jovem. É, descobri que não éramos mais apenas meninos e meninas. Já estávamos ficando jovens, como os que eram cantados pela Jovem Guarda de Roberto Carlos, meu cantor favorito.

O meu namorado (na minha imaginação, ele já era o Namorado), passeava pela Thomas com charme e um sorriso lindo. Passava embaixo da minha janela e eu já não queria estar brincando nas calçadas. Ficava esperando que ele passasse. Naquele tempo, a música A Banda fazia sucesso. Eu ligava a vitrola e aguardava. Vê-lo passar era tudo o que eu desejava.

Um dia, ele me olhou e sorriu pra mim! Era pra mim! Eu me senti a princesa com seu príncipe encantado. Foi uma emoção e tanto, que guardo até hoje nos recôncavos de minha memória. Bem guardada, para que não fuja nas durezas dessa vida.

O meu Namorado já falava comigo. Eu, na janela, ele, na calçada. Era proibido namorar pertinho um do outro. Apenas, conversar e sorrir. Cada dia em que nos encontrávamos na janela da 357 se transformava num baile, com sapatinhos de cristal. Até que um dia, pudemos nos encontrar na calçada: eu e ele. Queria dar-lhe um beijo, mas nem sabia o que era um beijo de amor. Então, ele pediu para me dar um beijo no rosto. E foi o momento mais tocante daqueles tempo de início da adolescência: meu primeiro beijo de amor.

Mas... minha irmã viu! Levei uma bronca dela e a danada contou pro pai. O tapa que levei foi bem doído, mas valeu a pena. Aquele beijo deixou marcas em minha história de vida. Lindas e cheias de cheiros perfumados, cores alucinantes e imagens emocionantes: eu e ele, entre flores, num imenso jardim. Livres pra sonhar e viver nosso romance!

O namoro, apesar do tapa, continuou escondido do pai. A mãe sabia e permitia, desde que não passasse de mãos dadas e beijos no rosto. Nada além disso! E os dias na Thomas e na 357 se encheram de fantasia e sonhos. Hoje, não sei quanto tempo durou esse namoro, mas foi tão intenso que parece uma eternidade.

Num dia de semana, o meu Namorado me levou na escola, no Instituto de Educação. Era apenas uma quadra e a travessia da Osvaldo Aranha, mas virou nosso grande passeio, sozinhos. Atravessamos a rua, com as mãos entrelaçadas e meu coração pulsava de emoção. Minhas colegas de escola poderiam ver a cena? Não sei, mas eu poderia lhes contar do meu Namorado e do quanto eu estava apaixonada. Tinha até uma foto dele embaixo de meu travesseiro!

Quando chegamos na frente do IE, ele me deu um beijo na bochecha. Fiquei vermelha de emoção! Entrei na escola cheia de sonhos e feliz! Aí aconteceu o fato do dia: Dona Dedé havia visto. Puxa! A bronca foi enorme. Meus pais seriam chamados na escola. O pai ia saber? O que eu faria?

Levei o bilhete na minha agenda. Ao chegar em casa, estava em pânico: o que eu ia fazer? E meu pai? Eu ia apanhar de novo? Tomei uma decisão: ia falar primeiro com a mãe. Ela saberia o que fazer. Mostrei o bilhete e esperei sua solução para o caso. A mãe resolveu ir na escola e conversar com a Dedé.

No dia seguinte, fomos as duas na escola. A mãe ouviu o que a Dedé disse e falou que era um namoro de crianças, ingênuo como eu naquele tempo. Mãe e Dedé combinaram que meu namorado não me levaria mais pra escola, a não ser que não nos déssemos as mãos. E beijo (no rosto)? Nem pensar!

Assim foi feito e meu pai nunca soube do fato. Quer dizer: eu acredito nisso até hoje, mas sem total convicção. Se ele soube, talvez tenha sido uma decisão muito inteligente de meus pais, pois ficávamos na crença de um pai que nos dava normas rígidas e uma mãe mais permissiva. Bem, permissiva "até por ali", como se dizia. Assim, as regras de viver estavam garantidas e a obediência a elas, também.

E meu Namorado? Eu perdi, num dia de muitas lágrimas e tristeza. O choro foi toda uma madrugada! O porquê ficou na minha história, como uma decisão importante pra mim, pois balizaria outras tantas que eu tomaria.

Ele queria fazer sexo comigo. Bem, eu não sabia nem o que era aquele tal de "beijo de língua". E sexo, então, menos ainda. Mas tinha uma certeza: poderia engravidar. Ter filho naquela época mudaria meu destino, que eu havia decidido. Eu seria professora, me sustentar, depois, então, mãe!

Nem se falava em sexo protegido. Se eu engravidasse, meu destino mudaria. Meu pai havia dito pra nós (de forma muito inteligente- hoje vejo isso) que se uma de nós engravidasse antes de ter como cuidar e sustentar seu filho, eles não iam cuidar do bebê. Eu teria que parar de estudar, ficar em casa com a criança e abandonar meus sonhos de dar aulas. Não, eu não podia fazer isso. Por mais apaixonada que eu estivesse, meu destino era maior pra mim.

A minha decisão foi tomada: não faria sexo com meu namorado. E ele tomou a dele: ia trocar de namorada. Lembro que escolheu uma colega da escola pra namorar e fazer sexo. Mesmo em prantos, não voltei atrás na minha resposta a ele. A primeira noite, depois de nossa conversa sobre minha decisão, foi cheia de dor e lágrimas.

A foto dele ainda ficou embaixo de meu travesseiro por muito tempo e as lembranças, até hoje. Uma delas é do dia em que fomos numa competição de halterofilismo, em que ele participou. Estávamos todas as amigas e minha mãe. Quando vi o meu Namorado, lindo e Meu, levantando aquele peso todo, me enchi de orgulho e de paixão. A volta do encontro, de mãos dadas, numa lua que começava a brilhar no céu, continua na minha memória. Nem sei bem até onde está a verdade dessa lembrança. Mas não importa, pois o que ficou na minha vida como lição tem maior valor. Aprendi que meus sonhos e planos eram os mais importantes.

CAPÍTULO 4

AMIGA QUE PERDI PRAS DROGAS

Na minha turma do Bom Fim, foram sendo incluídos rapazes. Já não éramos apenas meninas. Alguns deles começaram a fumar maconha. Isso me assustou: tinha muito medo das drogas. Meu pai sempre nos falava do desastre que era o uso de drogas na vida dos jovens. A dependência fazia as pessoas agirem diferente de suas crenças e valores de vida. Eu pensava sempre no destino que traçara pra mim.

Tinha um rapaz que era apelidado de Mola. Ele usava muitas drogas e me dava medo estar sozinha com ele. Numa tarde, fomos comer pipocas na casa da Male, uma nova amiga do grupo. Esse era o plano, mas as coisas saíram dos trilhos. A mãe dessa amiga era muito permissiva e não ficava junto com a gente, cuidando do que o grupo fazia. Estávamos todos no quarto da Male, onde tinha uma sacada.

O cheiro de maconha começou a me enjoar. Até hoje, detesto esse cheiro. Eu não iria fumar aquilo, pois era um risco pro meu destino. Minha decisão era dura e firme. Fui pra sacada, pra fugir do cheiro e o Mola foi atrás de mim. Ele estava com seu violão (sempre carregava o instrumento, apesar de nunca eu tê-lo o visto tocar qualquer música). Começou num papo de que eu precisava experimentar, já que era do grupo. Falava e falava, mas eu nem ouvia, pois só recordava das palavras de meu Pai. Pensava nele e na mãe, que havia confiado em mim e deixado eu ir naquela casa.

Mola chaveou a sacada e colocou a chave dentro do violão. Meu coração disparou e o medo me contagiou. O que eu faria? Lembro-me das mãos dele nos meus seios e do pânico que senti. Naquele momento tomei minha decisão: eu iria gritar muito e me jogaria da sacada, se fosse preciso. Isso foi o que fiz. Com meus gritos, o rapaz se assustou e tirou a chave do violão. Disse-lhe que se não me deixasse sair, me jogaria lá embaixo. Estávamos no terceiro andar!

Ele atirou a chave em mim e minhas mãos tremiam. Apesar disso, consegui abrir a sacada e sair correndo. Passei pela mãe da Male, que cozinhava e me perguntou o que acontecera. Eu lhe disse, rapidamente, pois queria correr pra minha casa, o mais rápido possível.

Cheguei em casa aos prantos e contei pra minha mãe. Ela foi na casa da Male. Surpreendente: sua mãe disse que era apenas uma brincadeira de jovens! Male tinha 2 irmãs menores. Envolveu-se com drogas e levou suas irmãs junto. O fim da história de vida dela é muito triste. Anos depois, quando eu estava na Redenção, comendo um cachorro-quente com colegas da escola (já era professora), vi uma mulher sair de dentro do parque, apenas de calcinhas, uma camisa masculina aberta na frente e seios à mostra. Completamente drogada e perdida no seu mundo. Soube, então, por amigos daquele tempo da 357, que seu pai havia desistido das filhas, pois todas estavam envolvidas em drogas e foi embora para o interior do Estado. Sua mãe teve um destino triste demais: havia se matado com um tiro! As três irmãs andavam pelas ruas, numa turma de drogados e traficantes. Chorei muito no dia em que fiquei sabendo da história, mas me convenci, mais ainda, de que minha decisão, naquele tempo, fora acertada.

A MORTE DE UMA AMIGA

A Casa 357 fez parte de minha vida, de uma maneira que, talvez, para outros seja inexplicável. Mas para nós, que moramos lá, tem um significado profundo e perene nas nossas vidas. Na Casa, passamos tempos de infância e adolescência, com seus sonhos, desejos, decisões, medos e tristezas.

Ser criança não é só alegria. Vivi uma dor muito profunda aos 11 anos. Uma de minhas amigas, a Lola, tinha asma. Sempre que brincávamos e a corrida era muito veloz, ela ficava ofegante e tínhamos que parar de correr. Num dia de final de semana, quando o sol começava a desaparecer no céu, contávamos piadas que ouvíamos dos adultos. Lembro que era sobre o pai ter um carro e a mãe ser uma garagem. Falava sobre o momento em que o carro entrava na garagem. Eu não entendi bem... mas era tempo de ingenuidade, mesmo.

Minha mãe nos chamou. Estávamos sentadas na beira da caçada (eu e as amigas) e fui correndo pra casa. Tínhamos que tomar banho, jantar e nos preparar pra ir pra cama. Eu já estava de pijama, quando ouvi o choro de minha mãe. Fiquei apavorada. O que havia acontecido? Fui ver e meu coração ficou aos pulos: a Lola havia morrido. Mas, como? Há poucas horas estávamos juntas!

Entendi o que uma vizinha dizia pra minha mãe. A minha amiga querida teve uma crise de asma. Ela era criada pelos avós, pois seus pais eram separados. Naquele dia, sua mãe cuidava dela (até hoje não lembro bem o porquê). Na crise de asma, quando muito forte, ela deveria ser levada ao hospital, mas sua mãe, como não acompanhava a situação da filha, havia demorado em chamar a ambulância. Quando os médicos chegaram, ela estava morta. Morta! Aquilo retumbava em minha cabeça.

Minha mãe me abraçou e chorei muito. Depois, ela decidiu me levar no velório. Era dia de chuva e eu usava uma capa cor de rosa. Nunca esqueci disso. Ao chegar lá, pela primeira vez vi uma pessoa morta. E era a minha amiga, com quem eu estivera a menos de 24 horas, brincando de virar gente grande. E ela não seria mais uma adulta, como sonhara. Não seria a garagem, onde entraria o carro de seu amor!

Sentei-me ao seu lado, entre o caixão e a parede. Ali fiquei muito tempo. Nem sei quanto. Meu coração parecia congelado em meu peito. Não entendia a morte (como não entendo, até hoje). Eu não veria mais minha amiga? Não sonharíamos mais com nossas vidas de adultas?

No meio da noite, nem sei a que horas estávamos, um homem chegou aos prantos. Ele berrava que havia perdido a sua menina. Falava que sua mãe era a culpada! Agarrou-se na Lola e chorava compulsivamente. Eu fiquei ali: presa entre o homem com o corpo frio de minha amiga em seus braços e a parede gelada. Senti-me em verdadeiro pânico. Queria correr, mas minhas pernas não me obedeciam. Então, lembro-me de minha irmã vir me salvar, Pegou minha mão e me tirou de lá.

Minha irmã sempre ficava ao meu lado. Mesmo que me condenasse por algumas ações, me dedurasse para o Pai (como quando comecei a fumar), estava lá pra me proteger. E eu sabia disso! No enterro da minha amiga, ficamos de mãos dadas, como duas crianças tentando entender a morte, que rompe laços de forma tão definitiva.

TEMPOS DE BONDES E LAMBES-LAMBES

A Casa 357 do Bom Fim conheceu os bondes. Nosso grande passeio e maior aventura era ir ao centro de Porto Alegre de bonde. Naqueles tempos tão distantes, os bondes eram muito importantes pra cidade. Muitos iam ao trabalho ou fazer compras no Mercado Público de bonde. Nós fazíamos o grande passeio com a Vó Carmen. Ela nos levava ao centro para ver o Xalé da Praça XV e o Mercado Público. Isso era o máximo pra mim.

Numa de nossas idas de bonde, apenas eu e a vó, tiramos uma foto com o fotógrafo lambe-lambe que trabalhava em frente ao Xalé da Praça XV. Ele, com seu caixote escuro, e a lâmpada que acendia na hora da foto, sacou a imagem da vó sentada e eu de pé ao seu lado. Com minha fita no cabelo e o vestido de sair, sentia-me uma verdadeira artista. A foto demorou para ser entregue e o tempo parecia se arrastar. Quando vimos a imagem, fiquei extasiada com ela. Minha vó me deu a foto, que me acompanha até hoje, feito talismã da sorte.

Noutra viagem de bonde com a vó, lá pelo meio do caminho, uns meninos subiram nele, sem estar parado. Nossa! Eles pareciam aventureiros a saquearem a diligência de ouro, nos filmes de "bangue-bangue". Que vontade me deu de fazer o mesmo!

Eles gritavam e pulavam nas laterais do trem, sem medo nem do motorneiro que os xingava.

No centro, o fim da linha do bonde estava lotado de gente com sacolas que carregariam suas compras no centro. Ao entrarmos no Mercado Público, o burburinho das vozes, o barulho das galinhas, o cheiro de verduras e frutas, tudo me encantava. Aquele ambiente era um lugar recheado de emoções e curiosidades. O vendedor de flores, a mulher que oferecia laranjas e maçãs, os pássaros piando em suas gaiolas...

No Mercado, eu me deparei com uma decisão, que me acompanharia até hoje: odeio ver pássaros em gaiolas. A prisão é o pior castigo! Amo as aves, mas voando nos céus, onde é seu lugar. Se eu pudesse... libertaria os pássaros das gaiolas do Mercado e todos os que vivem presos no mundo.

Ao sair do Mercado, fomos no Xalé tomar um refrigerante. Na minha infância, os refrigerantes eram apenas para dias especiais. Ir ao centro de bonde era um deles. Comer um doce pronto, então! Na mesa daquela confeitaria famosa da cidade, sentia-me muito importante. As recordações desses tempos ficam escondidas nos lados mais coloridos da memória.

A volta para casa ficava no olhar como uma sombra triste. Queria voltar o relógio do tempo e começar o passeio de novo. Mas a nossa Casa 357 nos esperava, com suas altas paredes, seu cheiro de bolinho frito e de mãe na cozinha fazendo o café.

Entrei correndo para lavar as mãos e sentar-me à mesa. Os bolinhos de chuva nos aguardavam. Minha Casa 357 era mesmo meu recanto e meu ninho de proteção. Lá me sentia segura e abraçada. Ao redor da mesa, eu e meus 3 irmãos fazíamos a maior algazarra, até o pai chegar. Quando ele sentava-se à mesa, o silêncio era grande. Respeito, dizia ele.

CAPÍTULO 7

O FURO NA PAREDE DA 357

Nossa casa, a 357, tinha paredes muito grossas e uma casa que era geminada nela. Explico: as duas casas, a 357 e a do lado direito dela eram uma só há vários anos atrás. Não conseguimos descobrir, na verdade, quanto tempo transcorrera até a divisão da casa.

Na parede divisória tinha um furo, que estava tapado por uma massa, que saíra com os anos. Era um furo pequeno, como uma lente de binóculo.

Numa tarde, curiosas, eu e minhas amigas resolvemos espiar no buraco da parede. Era a sala de estar da casa ao lado. Então, vimos Ele. Bem, Ele era o rapaz que se mudara há pouco para o bairro. Moço bonito, alto, belos cabelos loiros e olhos verdes. Ficamos um bom tempo a admirar nosso vizinho. Ele via televisão.

Meu vizinho lembrava o Ted Boy Marino, um lutador que se apresentava na TV. Meus pais não deixavam que as crianças vissem as lutas livres, mas eu achava uma forma de apreciá-las.

Na sala de casa, havia uma mesa de jantar com uma toalha bem comprida. Tinha um espaço, embaixo dela, em que podíamos nos esconder. Eu me escondia atrás da toalha e via as lutas. O Ted era o mais interessante e forte de todos. E meu vizinho era tão parecido com ele...

Seu apelido era Leo e tinha uns quinze anos. Um pouco mais velho que eu. Todos os dias, escondíamo-nos da mãe para espiar no buraco da 357. Até que um dia, armamos um plano. Eu ganhara um caderno de recordações. Aqueles em que se escreviam mensagens ao amigo, dono do caderno. Eu e minha amiga Tere bolamos uma ação: ela entregou o caderno para o Leo escrever pra mim. Foi a maior emoção, quando recebi o mesmo, com uma poesia sobre amigos e um desenho de folhas verdes num galho de árvore.

A partir daquele dia, eu ficava na janela, esperando que Leo saísse, só pra lhe dizer bom dia. Mas... O tempo passou e ele não alongava o papo comigo. Minha esperança foi se esvaindo até o dia em que ele saiu de sua casa de mãos dadas com sua namorada. Fiquei "enuviada" naquela hora. Era nuvem negra de chuva forte. Só passou à noite, quando pude chorar no meu travesseiro.

Do furo na parede, havíamos esquecido. No dia em que lembramos, vimos que fora tapado pelo outro lado. Com massa, novamente. E a curiosidade, também.

CAPÍTULO 8

O DESFILE E A PAREDE DO IE

Eu estudei desde o ginásio no IE. Foi a escola de minha vida e do meu coração. Todos os dias, eu ia à capelinha rezar para Jesus. Aquele cantinho era mágico para nós, as alunas da escola. Confessávamos nossos segredos e fazíamos nosso pedidos para Deus, na nossa capelinha.

Naquela escola, vivi anos de minha infância e adolescência, cobertos de momentos felizes e, também, de muitas dúvidas e angústias, próprias da vida da gente. Numa tarde de muita chuva, a professora não tinha ido e tínhamos que ficar na sala de aula, de qualquer jeito. Então alguém pensou numa brincadeira pra fazermos: um desfile de modas, com os uniformes da escola mesmo. Bastava imaginação.

Uma colega havia levado um rádio. Teríamos música! Fomos ao banheiro e pegamos papel higiênico para faixas. Resolvemos desfilar como se fôssemos misses. A ideia era boa! Colocamos classes coladas uma ao lado da outra, grudadas numa parede da sala. Começamos a desfilar todas juntas, dançando e pulando, com nossas faixas de papel higiênico. Em cada uma, escrito um dizer: miss das flores, miss dos pássaros, miss da primavera, miss do inverno, e outros nomes, que nem recordo mais.

O desfile era regado à música e muita gritaria, até que uma escorregou, agarrou-se em outra, e outra, noutra... Assim, caímos todas sobre a parede e um estrondo se fez. A parede era de madeira, como divisória de uma sala maior. A parede estava mal colocada (ou não aguentou o peso, mesmo) e caiu com a gente.

Dona Dedé entrou, com a cara mais brava que eu já havia visto. A bronca foi enorme e longa. Nossas mães tiveram que ir à escola e eu fiquei de castigo em casa, por muitos dias. Não podia ir pra calçada brincar com minhas amigas. Isso era demais pra mim.

Apesar do castigo e das falas rançosas da mãe, eu me alegrava sempre que me lembrava do nosso desfile. Foi desastroso, mas não deixou de ser divertido.

CAPÍTULO 9

MINHA MALUCA VIZINHA

N a rua Thomas Flores, vivia muita gente interessante: famílias de origem judaica, artistas, poetas, professoras da minha escola, uma família de origem africana com crianças lindas, um velho escritor (que ninguém sabia me dizer o nome), muitas meninas minhas amigas, meninos arteiros e que jogavam figurinha comigo, entre tantas outras figuras divertidas e inteligentes. Mas, tinha uma mocinha que era maluca.

A Maluca de minha rua vivia batendo em todas as crianças. Achava-se a melhor de todas. Cada vez em que ela passava, nós ficávamos quietas, pois não bastava nem uma palavra, para que ela enfurecesse e já quisesse bater em alguém. Tentamos convidá-la a brincar conosco, mas recebemos um grande não (bem gritado, também).

Era um domingo de verão, e eu estava sentada nas escadas da 357, ouvindo minhas músicas de Roberto Carlos num radinho que ganhei da Vó. Eu sonhava com as emoções que meu cantor predileto falava. A vizinha maluca chegou perto e me disse que queria ser minha amiga. Levei um baita susto e quase engasguei com a saliva.

Claro que eu aceitei. Queria muito resolver aquela situação de inimizade na minha rua.

Conversamos e ela me contou que era muito triste na sua casa. Seu pai bebia bastante e batia em sua mãe. Ela não tinha irmãos, nem amigos. Nem primos para brincar! Fiquei com muita pena dela. Sua vida devia ser bem "enuviada", mesmo. Nuvens de temporal constante!

Desde aquele dia, falávamos todos os dias, mas apenas quando eu estava sozinha. Ela não queria nunca falar com outras crianças da rua. Isso me aborrecia bastante. Nem minha irmã podia falar com ela. Até que um dia...

Bem, esse dia começou cedo, logo que estava indo pra escola. Estava indo com meus amigos, todos juntos, pois estudávamos na mesma sala. Minha vizinha Maluca chegou perto e disse:

- Não quero que vás à escola hoje! Tens que ficar comigo. Não tenho aula.

Bem, decidi, na mesma hora, que não faria a vontade dela e lhe disse que iria à escola, de qualquer jeito. E assim fiz. A Maluca gritou que eu iria me arrepender disso. Lembrei do quanto ela sofria, e até a perdoei do que havia dito.

Na volta da aula, fomos almoçar e a tarde foi de jogos na calçada, pular elástico, cantar e dançar músicas da moda... até o começo do anoitecer. Eu havia me esquecido da Maluca e de suas palavras. Entrei pra dentro de casa e fui tomar banho. Sabia que tinha o jantar, as histórias que a vó contaria e o sono de descanso.

Mas, mal saí do banheiro, ouvi um grito da mãe: fogo no porão de casa. Fomos todos pra rua e logo enxergamos a chama de fogo no porão. Os vizinhos vieram e apagaram o fogo em seguida. Fazia pouco que começara. Meu pai foi olhar e viu bolas de jornal e uma caixa de fósforos na entrada do porão. Todos se olhavam, sem entender.

Até que a minha vizinha maluca veio correndo e rindo. Dizia palavras confusas sobre me incendiar, porque eu não podia ter outras amigas, só ela. Seus pais vieram atrás dela e o pai a pegou pelos cabelos. Foi horrível vê-la assim. Desde aquele dia, nunca mais a vimos. Soubemos que a família se mudara e nem deixaram o novo endereço.

Creio que foi melhor desse jeito, pois nem sabia bem o que ela seria capaz de fazer. Mas minha pena dela continuou por longo período. Devia mesmo ser muito triste ter um pai como aquele.

CAPÍTULO 10

ANDANDO DE BICICLETA

Sou uma, entre 4 irmãos. Meu pai não tinha muito poder aquisitivo e nossos brinquedos eram simples. Eu nunca tivera uma bicicleta, mas sonhava em aprender a andar numa.

Uma de minhas amigas era rica (diziam isso dela). Mas, ela mesma nunca falava nisso. Sua casa era a melhor da rua. Grande, espaçosa, cheia de tapetes e quadros, um jardim interno lindo e muitas porcelanas. Eu gostava de ir lá, mas não trocaria minha casa 357 por aquela mansão.

Minha amiga rica gostava tanto da minha mãe que, no dia das mães, ela pegou um perfume da mãe dela, fez um belo pacote e foi levar pra minha. A mãe estranhou o perfume usado e foi na casa dela. As duas mães conversaram e acabaram rindo da história. Não sei se a mãe ficou com o perfume, mas minha amiga ficou feliz. Nossas mães trocaram abraços e ficaram aos sorrisos.

Minha amiga ganhou, no dia da criança, uma bicicleta enorme. Mas tinha um detalhe: ela nem queria aprender a andar nela. Então, me emprestou para eu aprender. Havia um problema: eu era mais baixinha e meus pés nem alcançavam nos pedais. Apesar disso, aprendi como lidar com a bicicleta. Ficava de pé mesmo e corria pela rua Thomas.

A bicicleta ganhou até um nome: a Fonfona. Seu nome era por causa de sua buzina, que fazia um som bem alto. Eu adorava correr com ela e ir buzinando pela rua. Creio que minha amiga, dona da bicicleta, nunca andou nela. Só eu mesma.

Eu ia até na Osvaldo Aranha, sem meus pais saberem. Naquele tempo, não tinha muito movimento de carros e eu era muito boa ciclista. Foi um tempo de paixão por bicicletas, carrinhos de lomba e patinetes. Eu nem tinha patinetes, também. Mas conseguia emprestados das amigas e usava-os na esquina da minha rua e da avenida, em frente à casa de móveis. Era uma emoção só.

Do carrinho de lomba, lembro-me da gente rolando lomba abaixo, levando tombos e ralando os joelhos. Até a bunda, de vez enquanto. Entre raladas e gritaria, minha infância se esvaia. E eu ia ficando adolescente.

CAPÍTULO 11

OS BAILES NA SOGIPA

É ramos sócios da Sogipa. Meu pai havia comprado o título do clube muitos anos atrás. O clube ficava ali perto de minha casa. A sede era bem antiga e tinha um pavilhão, onde havia as festas de jovens. Eram reuniões dançantes. Para podermos ir, as mães deveriam nos acompanhar.

Minha primeira reunião dançante na Sogipa foi num domingo à tarde. Fomos num grupo de meninas e minha mãe nos levou. Eu estava com um vestido rosa e sapatos brancos. O cabelo preso num rabo de cavalo e sem maquiagem. Meu pai ainda não havia permitido o uso dela.

Ao chegar lá, sentamos-nos à mesa, todas com caras de comportadas e sonhadoras. Eu me encontrei inebriada com aquela música que entrava pela minha pele. Deu vontade de chorar de tanta emoção. Quando serviram um guaraná gelado, foi como uma benção para que eu me acalmasse.

Meu primeiro baile e meu primeiro par são recordações lindas do tempo da Casa 357. Quando Luis me tirou para dançar, as pernas tremeram. Eu nem sabia como começar. Minhas experiências em dançar eram sempre com as amigas ou na escola. Por onde começar?

Luis percebeu minha inexperiência com bailes e me ajudou. Segurou minha mão e me mostrou os passos que eu deveria fazer. Com seu largo sorriso e simpatia, ele me conquistou em seguida. Dançamos o baile todo, juntos.

No final da festa, Luis pediu a minha mãe para nos acompanhar até nossa casa. Fomos a pé, pois morávamos perto do clube. No meio do caminho, ele segurou minha mão novamente. O coração ficou em pulos e o corpo todo tremia. Ao chegar em frente a minha casa, ele beijou minha mão. Lembro, com carinho, de que a mãe falou que Luis era um bom rapaz. Entre minhas amigas, seu apelido ficou Bom Rapaz.

Começamos a namorar. Naquela época, namoro era conversa na frente de casa, ou passeio com um "chá de pêra", que no meu caso era minha irmã. Podíamos caminhar no meu bairro, sempre à luz do dia e acompanhados. Numa noite estrelada, em pleno verão, eu estava na casa de uma amiga do bairro. O pai me deixava ir lá, pois acreditava que a mãe dela cuidava da gente, mas não era bem assim.

Luis foi avisado de que eu estava lá e foi até a casa da amiga. Subimos todas ao terraço do edifício. Ficamos olhando aquele céu lindo com uma lua que brilhava sobre nossos corpos e Luis, num instante em que me distraí, beijou meus lábios. Comecei a chorar. Pobre do bom rapaz. Ficou assustado com isso. Então, eu lhe expliquei que era meu primeiro beijo. Seu abraço afetuoso e protetor me aconchegou o coração. Éramos dois jovens aprendendo sobre o amor.

A muitos bailes na Sogipa, fomos juntos. Sempre com minhas amigas e minha mãe a nos cuidar. Aprendi a dançar vários ritmos com Luis. Era um excelente bailarino e eu levo jeito mesmo na dança.

O namoro durou alguns meses, até que um dia ele disse que não poderia ir comigo no baile, pois sua vó teria morrido. Como achei um pouco estranha a história, resolvi ir com o grupo. Meu instinto dizia que Luis havia mentido.

Logo que cheguei lá, ele estava na entrada, num cantinho, aos "amassos" (como se falava naquela época) com uma moça-mulher. Era bem mais velha que eu. Isso me chocou e o pranto rolou rápido e profundo. Minha desilusão era gigante. O Bom Rapaz não era tão bom assim.

Ele correu para me encontrar e começou a se explicar, dizendo que aquela era a mulher com quem fazia sexo. Eu era mais importante: sua namorada. Mas as explicações não me consolavam. Fiquei todo o baile sozinha na mesa, com lágrimas na alma. Voltei para minha casa 357, louca por um colo, que só minha cama poderia me dar naquele momento.

Depois daquele dia muitos rapazes me convidaram para dançar, mas o Luis continuou na memória por anos. A primeira grande desilusão de amor marca a história de uma vida.

A BEBEDEIRA NA ESCADA

Era noite de Natal. A reunião de família era tão importante pra nós. A árvore estava montada: enorme e cheia de bolas coloridas. Todos os familiares estavam na casa 357. Muitos adultos e crianças. As cantigas de Natal tocavam na vitrola e ouvíamos muitos risos na casa.

Os Natais eram sempre festas importantes em nossa família. Um tempo antes, íamos eu e meus irmãos, sempre com o pai, comprar uma árvore bem grande. Usávamos árvores naturais na época. Ao chegar, desempacotávamos as bolas coloridas e montávamos juntos a árvore. As cantigas de Natal eram ensaiadas por todos. Cada Natal era especial na minha infância.

Naquele dia, nós brincávamos na escada de casa, quando resolvi ir à cozinha buscar um pedaço de bolo. Ao chegar à cozinha, escutei uma conversa entre minha mãe e minha vó. Elas falavam em separação! Eram meus pais que iriam se separar? Senti como se o chão de minha casa dançasse sobre meus pés. Saí correndo e fui pra sala. Vi meu pai chorando. Isso me desnorteou.

Tomei uma decisão: faria algo para impedir. Lembrei-me de uma coisa: eu iria ficar doente. Mas, como? Achei um caminho: eu me embebedaria. Tinha um litro de uísque na mesa da sala. Peguei a garrafa e levei para as escadas da entrada. Comecei a bebê-la sem parar. O uísque era algo horrível. Quente e amargo, mas eu iria até o fim. Quando me dei por conta, eu estava rodeada por meus pais e a vó. Todos falavam e eu não entendia mais nada. Escutei a palavra hospital. Acordei horas depois, num quarto de hospital a tomar soro.

Minha bebedeira foi terrível. Odeio uísque até hoje. Não posso nem com o cheiro. Mas meus pais não se separaram. Penso que não foi minha embriaguez, mas ela ajudou. Assim espero, pois não foi uma experiência agradável.

Escutei várias broncas por aquilo tudo, mas não disse a ninguém o que havia me motivado a beber. Era melhor assim. A história ficou nas lembranças, escondida numa caixinha onde guardo as amarguras.

CAPÍTULO 13

A FEIRA DE SÁBADO

Sábado era dia de feira na Thomas Flores. Cedinho da manhã, os feirantes chegavam fazendo o maior barulho. Ninguém se incomodava com isso, pois todos iam fazer suas compras da semana.

Eu acordava cedo pra ver a montagem da feira. Era um momento especial pra mim. Adorava ver toda aquela gente na rua, organizando seus produtos, arrumando as barracas, tirando suas balanças das caixas.

O burburinho que se formava era sinal de um dia de agitação e muita gente nas calçadas. A alegria dos radinhos de pilha tocando músicas divertidas, todas ao mesmo tempo, a gritaria dos feirantes e as sacolas balançando nas mãos das senhoras eram uma festa e tanto.

Eu ia de barraca em barraca pra ver tudo, com meus olhos curiosos de criança. Sempre tinha umas moedas que minha mãe e minha vó me davam. Guardava todas pra fazer compras na feira. Eram frutas e doces que eu comprava pra dividir com meus irmãos e amigas.

A feira tinha panos coloridos, que cobriam as barracas e parecia uma festa de São João, que acontecia fora de época. Gostava de ficar nas barracas, ajudando a vender e sonhando como seria quando eu ficasse adulta e tivesse uma profissão. Meu destino estava já decidido: ser professora e mãe. Sempre as duas coisas juntas.

Pensava, também, que quando eu fosse professora, iria ensinar aos meus alunos a importância das feiras para a cidade. Lugar de venda de produtos tão valiosos pras pessoas, mas também espaço de diversão e festa de cores.

A IGREJA DO BOM FIM

Minha família era muito curiosa. Meu pai era luterano e a mãe, católica. A vó me levava na casa espírita pra tomar passe e meu tio era umbandista. Eu transitava entre as religiões com a tranquilidade de quem respeitava a fé das pessoas. Gostava de todas, mas adorava a Igreja do Bom Fim.

Eu cantava no coral das crianças da igreja e ouvia, com carinho, as palavras de sabedoria do padre. A missa era sempre momento muito especial pra mim. Colocava o melhor vestido e calçava sapatos (coisa que detesto até hoje). O sapato era preto e as meias brancas.

Na igreja, ensaiávamos as músicas, antes da missa. Cantar no coral era uma honra pras famílias. Chegávamos bem cedo, para que tudo desse certo.

A Igreja do Bom Fim me parecia enorme na minha infância. Suas imagens, suas velas e cheiros me contagiavam. Cheguei a pensar em ser freira. Mas a ideia desapareceu, quando o padre me respondeu uma inquietação. Eu poderia ser freira e ter filhos? A negativa do padre foi imediata e meu sonho de ser freira se foi logo em seguida.

Naqueles bancos da igreja, muitos sorrisos brotavam, quando nossos sonhos de futuro encontravam eco em nossa enorme fé em Deus. Mas, também, muitas lágrimas ali rolaram, quando perdemos nossos amigos, os pais nos xingavam, ou mesmo apanháva-mos por artes feitas. Igreja do Bom Fim foi palco de muitas vidas que ali passaram e deixaram suas marcas nas paredes de suas memórias.

CAPÍTULO 15

CASA DE VÓ E ACIDENTE NA ESCADA

Minha vó Carmen era bem baixinha. Isso descobri logo que cheguei aos dez anos, pois tínhamos a mesma altura. Era pequena por fora, mas gigante por dentro.

Quando eu ia à casa da vó, que ficava do lado esquerdo da 357, eu adorava ver o quadro da Santa Ceia. Minha vó me ensinou a rezar. Com ela, aprendi a Ave Maria, o Pai Nosso, o Salve Rainha, e tantas outras orações.

Na sua casa tinha também um quadro de um bebê. Era uma imagem bem antiga. Ela me contou que foi seu primeiro filho e havia morrido aos oito meses. Sempre que ela falava nisso, seus olhos ficavam perdidos e tristes. Já havia se passado mais de quarenta anos, mas a dor parecia não sumir na história.

Tinha muitas coisas guardadas. Ela adorava recordações. Fotos antigas, objetos simples, como uma caixinha de remédios com esconderijo para segredos, colherinhas de prata todas trabalhadas, entre outras coisas e suas histórias.

Na casa da vó, havia um mamoeiro que me parecia tão grande. Com certeza, não deveria ser tanto assim. Mas para uma criança, as coisas ficam maiores do que são na verdade. Eu subia no mamoeiro para pular o muro e ir pra minha casa. Do outro lado do muro, colocava uma escada para poder descer.

Certo dia, ao descer da escada, caí e me estatelei no chão. Quando levantei, vi que sangrava na cabeça. Tinha uma garrafa (naquele tempo, as garrafas de refrigerante eram de vidro!) e havia batido com a cabeça nela. Nossa! Minha mãe ia ficar zangada.

Então, achei um cobertor infantil (que tinha um elefantinho verde desenhado) e enrolei na cabeça. Sentei-me no sofá da sala e procurei ficar bem quieta. Lembro-me de ela falar comigo e eu ir ficando tonta. Devo ter desmaiado. Acordei no Pronto Socorro, levando pontos no corte. Que susto!

Ir pra casa da vó e voltar, depois desse dia, só pela porta mesmo. A escada passou a ser proibida pra mim. Subir no mamoeiro? Somente com supervisão de um adulto. Minhas aventuras se reduziram, então.

Mas aquela casa era ainda meu refúgio. Lá, eu me sentia cuidada e amada. Ficava pensando: será que casa de vó é sempre assim? Deveria ser, pois as crianças precisam de cantinhos pra se aconchegar.

CAPÍTULO 16

O DINDO NO BALTIMORE

Em alguns domingos, tínhamos um passeio garantido: ir ao cinema Baltimore. Aquele que ficava na Osvaldo Aranha. Bons tempos! O Dindo era porteiro no cinema e, sempre que o gerente permitia (e fosse filme de criança), a gente ia ao Baltimore.

Somos quatro irmãos. Naquela época todos tinham que ir juntos. O Dindo esperava o público entrar e ficávamos quietinhos num canto, esperando. Quando já estava quase começando o filme, entrávamos nas pontas dos pés e nos acomodávamos. Era a maior alegria estar no cinema. O filme era importante, mas o Baltimore, mais ainda.

Aquele lugar me parecia mágico. Naqueles tempos, na televisão, não se via filmes coloridos como os que passavam no cinema. Nem internet existia. O cinema parecia algo extraordinário. Para nós então! Até hoje, sou apaixonada por cinema. Pena não ver mais o Dindo na roleta, esperando por mim pra passar. Que saudade do meu Velho, como eu o chamava, carinhosamente.

O Dindo era o cara mais legal que eu conhecia. Conversava comigo sobre um monte de coisas. Na adolescência, ele me explicou sobre namoro e respeito entre as pessoas. Contou do risco de fazer sexo antes do momento certo (e era eu quem decidiria isso), pois poderia acabar sofrendo por alguém que não merecesse. Ainda havia o problema de engravidar tão jovem e perder as chances de realizar meus sonhos. Sábio, ele!

Seu apelido, para muitos amigos, era Carequinha. Era careca mesmo. Gostava muito de crianças, em especial de mim! Isso fazia com que me sentisse importante pra alguém no mundo. Seu jeito maroto, e quase infantil, por vezes, nos aproximava. Era capaz de brincar com coisas bem simples. No Baltimore, era querido por muitas pessoas. Isso me deixava orgulhosa, pois ele era o meu Dindo. De mais ninguém!

O Baltimore era local de encontro da turma do Bom Fim! Cumprimentávamos os vizinhos, colegas da escola, pessoal da Igreja do bairro, o dono do armazém da Antão de Farias com a Thomas Flores, o verdureiro...

Quando passávamos agachados, por debaixo da roleta, todos enfileirados, parecia cena de comédia. Ríamos muito, depois. A pipoca, levávamos de casa. A mãe fazia para nós, pois o dinheiro era curto e comer fora, só em dia que a mãe ia receber no Banco. Era um doce e um refrigerante pra cada um. Parecia dia de festa! As coisas mais difíceis parecem ter mais sabor na vida!

CAPÍTULO 17

A BAYADEIRA E SEUS LIVROS MÁGICOS

Quem viveu no Bom Fim, nos anos 60 e 70, com certeza conheceu a Bayadeira daquele tempo. Era a Nossa livraria. Íamos comprar material escolar e ver os livros. Esses, sim, eram meu encanto. Imaginava ser escritora (e mãe, professora, bailarina, dançarina, e muitas outras tantas coisas.). Eu vivia movida por sonhos, como vivo até hoje. Quem não tem um porquê viver, não tem motivos para levantar todos os dias e sair à luta pela vida afora.

As prateleiras da Bayadeira pareciam esconder segredos. Para mim, eram muitas histórias a serem contadas. Livros para escrever. Recordações de vidas e sofrimentos, de alegrias e esperanças. A moça da livraria me parecia uma fada, capaz de me mostrar tantas surpresas, que me faziam brilhar os olhos. Folhas coloridas, tesouras, colas... objetos que se transformavam, na minha imaginação, em belas obras de arte. Ah! Eu também sonhava em ser artista, daquelas que expõem quadros em grandes e iluminadas galerias. Eu estaria lá: envolta em luzes e brilhos, mostrando meus trabalhos coloridos.

Ir à Bayadeira sempre era uma emoção, mesmo quando faltava dinheiro pra compra de materiais. Fazíamos contas e mais contas, pra dividir o que tínhamos entre todos os irmãos. Igual pra todos, sempre dizia a mãe. Ela conferia, direitinho, nossas compras pra ver se ninguém ficava com mais que o outro!

Que saudades da minha Bayadeira do Bom Fim! De seus livros, ficaram os desejos de ser escritora. Continuo apaixonada pelas páginas, personagens, capa colorida, lugares que não conheci, apenas na minha imaginação. Cidades deveriam ter uma Bayadeira em cada esquina. As pessoas iriam ser mais felizes. Sonhar é o motor da alma. E os livros, com suas histórias, seu combustível. Como viver sem sonhos?

A ENTREGA DA CASA 357

Nossa casa era muito velha. Tinha cupins, paredes precisando de novas pinturas, teto com problemas e assoalho corroído pelo tempo. Tinha quase cinquenta anos (era o que nos falavam). Mas eu amava a 357!

Suas paredes tinham histórias e histórias de vida. Nem sei quem havia morado lá antes, mas eu morava ali agora. Era meu canto, meu ninho, meu lugar no mundo. Amava cada cantinho da casa: seus armários já envelhecidos, a vitrola que tocava tangos, boleros, sambas, músicas que aprendi a apreciar.

No quarto de meus pais, havia os segredos deles, guardados em caixas de madeira, dentro do guarda-roupa. Elas me instigavam a tentar descobrir o que meus pais escondiam, quando fechavam com a chave a porta do quarto.

Nos corredores havia fantasmas que eu criara. Eles estavam ali há muito tempo. Eram meus amigos e me cuidavam. Eu não sentia medo deles, nem um pouco. Até sentia sua respiração, quando passava correndo demais. Pediam para eu reduzir meus passos e cuidar pra não cair. Acho que até hoje eles andam comigo por aí, me falando para não correr tanto pela vida. Apesar de que não adianta muito.

As janelas da 357 era meu lugar de namorar. Ficava vendo os meninos passarem e os olhava, encabulada. Naqueles tempos do Bom Fim, éramos muito acanhadas e tínhamos medo de nossos pais. Hoje, as coisas mudaram bastante.

Lembro-me das janelas até hoje. Já escrevi muitos poemas sobre janelas. Creio que são lembranças das que ficavam na 357. Por elas, passava um mundo que eu queria descobrir e desbravar. Era o futuro, cheio de mistérios e surpresas que me esperavam.

Mas, a casa estava velha demais. Meus pais não tinham dinheiro para as reformas. Isso nos entristecia. Chegava o dia em que teríamos que nos mudar. E a mudança me amedrontava. Como seria minha vida, longe da 357 e do Bom Fim?

Num dia, um homem, com jeito de gângster (era o que eu imaginava), apareceu lá na 357, de terno e tudo. Gravata esquisita, de listras coloridas. Veio falar com meus pais. Quem seria? Fiquei sabendo que era um comprador de casas. Puxa! O que fariam com a 357?

Fui pro quarto chorar. Não queria sair da 357. Fiquei imaginando que falavam da minha casa. Da minha casa! Sem mim! Isso nem podia! Mas assim fizeram. O comprador falou em trocar a nossa casa por um apartamento, novinho em folha.

No terreno da 357, seria construído um edifício. Minha vó também iria se mudar. Pra onde, Deus? Os vizinhos já estavam vendendo as suas casas. Faltava a nossa! A da vó tinha outro dono, que vendeu a sua casa em seguida.

A mãe não chorou na minha frente, mas acho que sofreu em silêncio. Era o lugar onde havíamos construído nossas vidas. Infância e adolescência! Momentos tão importantes da vida das pessoas.

Naquelas peças enormes, com tetos altos, assoalho vermelho e pinturas já amareladas de histórias, a vida havia passado entre nós. Construímos sonhos, choramos, rimos, perguntamos coisas sobre o futuro...

No pátio, ficava o tanque de cimento, no qual eu adorava entrar e tomar banho (até no inverno). Isso enlouquecia a mãe. Mas era a minha piscina particular. Pequena, mas aconchegante (pra mim, isso era).

No fundo do pátio, estava a escada. Ah! A escada! Eu subia nela pra pular o muro pra casa da vó. Até que me machuquei pra valer. Isso eu já contei. Mas ela ainda estava lá, como um símbolo da possibilidade de eu ainda poder subir nela de novo, um dia, quando ficasse maior. Mas eu ficaria mais longe da escada. E da minha 357!

Muitas conversas do homem do terno e da gravata com meus pais aconteceram. Eu nada podia fazer. Eles decidiriam o destino da minha Casa. Numa daquelas conversas, ouvi que a data da mudança já estava marcada.

Aquele momento ficou na minha memória, feito imagem estaqueada no tempo. Parou ali, na minha mente, e ficou! Eu me desesperei. Que poderia fazer? Nada. Era jovem e nem podia pagar as reformas da casa! Um dia, eu teria trabalho suficiente, pra não ter que me mudar por falta de dinheiro pra reformas.

Começamos a encaixotar nossas coisas. Eu, com lágrimas nos olhos e dor na alma, tanta que parecia dor de dente. Coloquei minhas bonecas, meus bichinhos de pelúcia, minhas roupas, o uniforme do Instituto de Educação, com suas listras vermelhas e tope azul-marinho. Guardei minhas lembranças em caixinhas da memória, organizadas no tempo, no meu tempo de sonhar.

Minha irmã Leila estava triste. Eu via isso no olhar dela. Chorávamos juntas, nos nossos silêncios. Era muito difícil abandonar um tempo de nossas vidas, recheados de brincadeiras, brigas, alegrias, ranços de mãe, cantigas de roda... Era a despedida de parte de nossas vidas, que nos machucava por dentro. O corpo tremia, mas a alma era quem gemia. Um gemido longo e sofrido.

O caminhão de mudança encostou à frente da 357. Ela parecia olhar pra aquele gigante, sem compreender o que estava acontecendo. Para aonde iria a família Zieger? Estavam deixando a 357? Como?

Nós não sabíamos como isso podia acontecer assim. Sem despedida? Pedimos, então, pra mãe para escrever nas paredes de nossa 357. Ela deixou, pois a casa seria demolida mesmo.

Leila e eu fomos ao nosso quarto. Escrevemos Adeus para nossa casa, com muitos corações desenhados. Creio que era um adeus não somente pra 357, mas para parte de nossas vidas. Outro tempo começaria, a partir de ali. Nosso adeus veio junto com uma declaração de amor: nós te amamos, nossa casa. Não queremos ir. Mas teríamos que partir, como tudo na vida. Um dia as coisas partem e as pessoas também.

Quando o caminhão deu a arrancada, senti-me perdendo um pedaço de mim. Um pedaço que iria me faltar, por longos e longos anos. Talvez me falte até hoje. Meu Bom Fim 357.

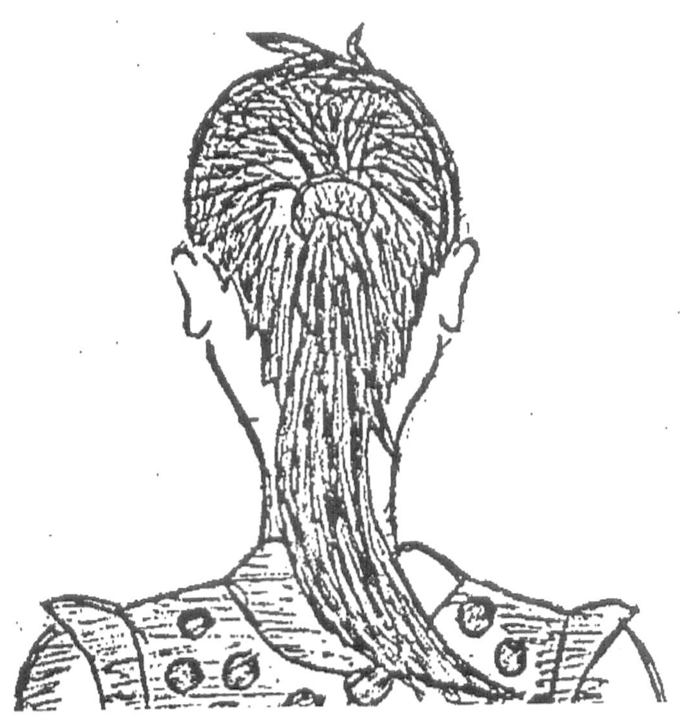

Lilian Zieger

Licenciada em Pedagogia pela Faculdade Porto Alegrense de Educação Ciências e Letras (1981); especializações em Psicopedagogia Clínica e Institucional (Faculdade Portal/RS), Supervisão Escolar (FAPA/RS) e Alfabetização e Literatura Infantil, mestrado em Politicas y Administración de la Educación - Universidad Nacional de Tres de Febrero (2009) - título revalidado como Mestrado em Educação pela Universidade Nacional de Brasília/Brasil e Doutorado em Psicologia Evolutiva e da Educação pela Universidad de Santiago de Compostela/Espanha (2010). Cursa Doutorado em Epistemologia e História da Ciência (UNTREF/Argentina).

Autora de 28 livros e vários artigos científicos publicados em revistas e anais de encontros/seminários/congressos. Em 2015, lançou os livros "Uma história de arrepiar até espinho", para crianças do Ensino Fundamental e "Supervisão em Ação". Em 2017, assumiu a direção geral da Revista Científica IGES em Revista.